CUENTO
DE LUZ

Hijito Pollito

© 2012 del texto: Marta Zafrilla
© 2012 de las ilustraciones: Nora Hilb
© 2012 Cuento de Luz SL
   Calle Claveles 10 | Urb Monteclaro | Pozuelo de Alarcón | 28223 Madrid | España | www.cuentodeluz.com

ISBN: 978-84-15241-97-3

Impreso en PRC por Shanghai Chenxi Printing Co., Ltd., febrero 2012, tirada número 1256-13

FSC
www.fsc.org
MIXTO
Papel procedente de
fuentes responsables
FSC® C007923

Hijito Pollito

Marta Zafrilla
Nora Hilb

Mis compañeros del cole no lo
entienden. Mi mamá es una gata y
yo un pollito. ¿Qué problema hay?
Ella no podía tener gatitos y
una gallina que no podía alimentar
a todos sus polluelos le dijo que si
me quería a mí. ¡Y dijo que sí!
Yo tan solo era un huevo, pero me
cuidó como si fuera hijo suyo.

Al principio creía que yo también era un gato, porque mi mamá es una gata preciosa y todos mis vecinos son gatos también. Yo quería maullar, correr, lamerme el lomo, acariciarme la oreja con la cola, pero ¡no podía!

Un día mamá me explicó que nunca iba
a ser como los demás gatos porque mi
auténtica madre era una gallina. Yo no
tendría nunca cuatro patas, pero con
mis pequeñas alas algún día podría
echar a volar.

Mami prometió enseñarme todo lo que
debía saber para desenvolverme como
un gato y lo cierto es que pronto me
alegré de ser el único pollito felino
de la ciudad.

Mami y yo vivimos en una buhardilla de
Barrio Miau. Muchos gatos rondan
a mamá, pero ella dice que por ahora
solo hay un gato volador en su vida.
Ella siempre insiste en que tenga
cuidado porque, a pesar de ser
aceptado como otro "gatito más",
no dejo de ser un alimento apetecible
para todos los gatos de mi calle.

Lo cierto es que cuando salimos a pasear nos sentimos un poco observados.

Al principio me molestaba y decía:

—Mami, ¿por qué nos miran sorprendidos?

—Porque somos diferentes, cariño.

—¿Y es malo ser diferente?

—No, para nada. Es malo si quieres ser como todo el mundo.

—¡Puf! Eso es un aburrimiento. ¡Yo quiero ser original!

Y desde entonces no me molesta que nos señale la gente.

En el parque todos los gatitos juegan conmigo encantados, aunque al ser tan pequeños y torpes aún, más de una tarde vuelvo a casa con algún arañazo y menos plumas de las que me gustaría.

Mamá siempre está pendiente por si acaso acabo en la boca de algún gatito glotón, pero yo también me he hecho muy fuerte y he aprendido a defenderme. ¡Sobre todo desde que sé volar!

Ser pollito no siempre es fácil.

Mi vecina Catty está perdidamente
enamorada de mí, precisamente
porque dice que no soy un gato.
¡Cómo son las chicas! Catty me cae
bien, pero a veces se pone tan pesada
¡que tengo que esconderme de ella!

Mi colegio está lejos de casa, muy muy lejos. Y es que mami decidió que, a pesar de crecer entre gatos, debía educarme como un pollito. Para ella es un esfuerzo enorme, pero todos los días me lleva al trote en su lomo al Colegio para aves del Barrio del Ala. Allí aprendo lo que debo saber sobre la vida de los pollos. En eso, sinceramente, mami no puede ayudarme mucho, ¡porque es una gata!

Mamá pronto tuvo claro que yo
nunca aprendería a maullar ni a
saltar por más esfuerzo que
pusiera en la Escuela de gatos.
Y mira que lo intenté, pero no hubo
forma. Con un pico y dos patas
endebles como las mías, nunca
llegaré a convertirme en un
auténtico felino. Pero tampoco me
importa. Realmente me gusta
ser pollito.

En el cole también llamo la atención,
aunque todos seamos pollitos.
Cuando salimos de clase y todas
las mamás esperan a sus hijos con
la merienda en el pico, Po siempre
me pregunta curioso:

—¿De verdad que esa es tu mamá?
¡Pero si no tiene pico!

Y yo le digo:

—No, no tiene, y no sabe piar tampoco.
Pero tiene una boca que maúlla nanas
preciosas.

Llito, que es el más pequeño de mis
compañeros, siempre me dice en
la clase de Vuelo:

—¿Y de verdad que tu mamá no vuela?
—No, no vuela, ella trota. ¿Y sabes? Tampoco
tiene plumas, pero sí un pelo brillante y suave
donde me acurruco cuando tengo frío.

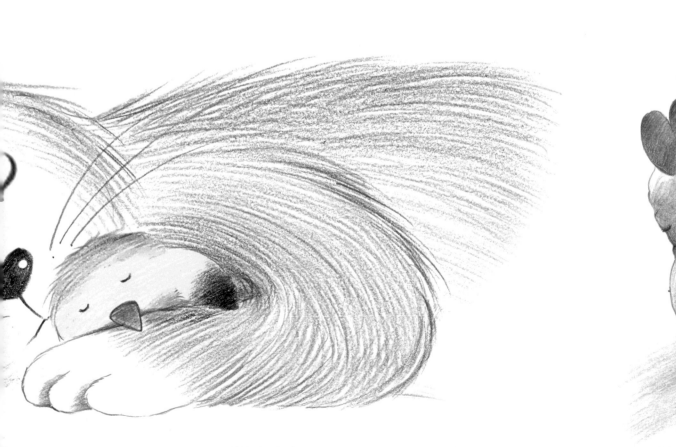

Y Pío-Pío, el pollito más hablador de todos, me preguntó el otro día en la clase de Cálculo de grano:

—¿Y dices que tu mamá tiene la cola larguísima?

Y yo le contesté:

—Sí, y es genial, ¡espanta a todas las moscas en verano!

Una tarde que mi mejor amigo Pi vino a casa me preguntó:

—¿Esa es tu mamá de verdad? ¡Pero si tiene cuatro patas y tú solo tienes dos!

Yo le respondí:

—Claro, cuatro son mejor que dos. Mi mamá corre muchísimo, sobre todo cuando me caigo y viene a consolarme.

Pi quiso que se lo demostrara y después de la cena se divirtió de lo lindo cuando fuimos a llevarlo a su casa trotando sobre el lomo de mamá.

No solo los pequeños se sorprenden de
que yo sea un pollito y mamá sea gata.
Hasta la profesora Llina me preguntó
el primer día de clase:

—¿Esa es tu madre? ¡Pero si tiene bigotes!

Y yo le contesté:

—Maestra Llina, me encantan los bigotitos
de mamá, ¡con ellos me hace unas cosquillas
divertidísimas!

Y no, no es que me molesten
las extrañas preguntas de todo
el mundo, pero es que no entiendo
que se sorprendan tanto.

Es cierto que la mayoría de
pollitos tienen mamás gallina,
que los perritos tienen papás perro,
los elefantes familias elefante
y las hormigas hijas hormiga,
pero hay familias diferentes.

La mía puede resultar extraña,
pero para mí es la mejor del mundo.

Yo soy un pollito y mi mamá es una
gata. ¡Y me encanta!